U0164794

我在三萬尺高空追夢

圖、文：摩菲亞

序一

" 我在三萬尺高空追夢 " 是一個勉勵大家要有信心，要堅持自己理想的感人故事。

作者摩菲亞的成長亦是一個用無比堅毅和意志去追求個人夢想，活出有意義人生的感人故事。

摩菲亞有肌肉萎縮症。他用手掌和頭部有限的活動能力，繪畫出一個生動、勵志、簡潔、清新的小故事。

摩菲亞不被疾病帶來的痛楚改變他的人生觀。他不抱怨，不為自己編作藉口，讓負能量遮蓋自己的才華。他會保持積極的心態，鼓勵大家要多感恩，永不放棄，開心和堅強地活好每一天。

我知道大家會跟我一樣，欣賞和喜愛這一本充滿希望的小圖書。

前財政司司長
曾俊華先生

序二

一本繪本書…讓我發現生活的美好

《我在三萬尺高空追夢》翻轉你我對鱷魚的印象，陪伴大家扭轉思維發掘天賦、追逐夢想。

相信如果要大家想想心目中對鱷魚的看法時，我們不其然會想到鱷魚猙獰的表情、露出出尖尖的牙齒、深綠色的血盆大嘴會發出「吼～」的聲音，像這樣兇猛的動物，似乎有著令人畏懼和殘忍的形象，「鱷魚」更經常在故事中扮演著冷血、欺侮別人的孤單角色，而摩菲亞的故事主角卻是一隻「夢想成為飛機師的鱷魚阿菲」，一個顛覆刻板印象的夢想故事，將打破我們對鱷魚的框架，「誰說鱷魚不能飛上天空？」「難道鱷魚不能幫助別人？」在故事中我們也能反思自己對不同人事物的看法，同時帶給我們對獨特人生的想像和渴望，體會「夢想」帶來的力量，正如鱷魚阿菲一樣，選擇離開陸地的穩定，擁抱熱情、奔向天賦，不需要在意別人的眼光，無論你是誰，你都有做夢和實踐夢想的權利。正如書中鱷魚阿菲說：「只要堅持目標，就一定能改變。」

當我們懷疑是否就這麼依循別人的路徑走完一生嗎？我是不是可以依照自己的想法重新來過？！《我在三萬尺高空追夢》這本書，不只是一本激勵人內心發出咚咚鼓聲的勵志書籍，更讓我們學習大膽聆聽、真誠面對自己內心的鼓聲！

除了勇敢追夢之外，還有另一位值得我們注意的角色 -- 機長富富，他從鱷魚阿菲最初學習駕駛飛機就一直默默在身後跟隨並觀察，在鱷魚阿菲身邊一直鼓舞他，更陪伴著他渡過難關、克服挑戰。人生不光只有追求自我，更重要的是能像機長富富一樣，化身他人夢想的推手，當一個支持與鼓勵他人的好朋友及好導師，這都和自我實現一樣偉大呢！這讓我想起了一段耳熟能詳的歌：「與你分享的快樂，勝過獨自擁有，至今我仍深深感動，好友良師如同一扇窗，能讓視野不同／讓世界變開闊」故事中的鱷魚阿菲和機長富富，因為美好的友誼和師生關係，讓這個夢想變得更有意義了。機長富富和鱷魚阿菲，就像是現實版的譚蘊華老師和摩菲亞，在教與學的過程中，互相激勵和成長。

這就是這本書的廣度，摩菲亞用簡要卻精鍊的文字、輕快卻不誇耀的圖繪，為我們展現的尋夢歷程的註解見證。摩菲亞不論在每個單幅的小圖或跨幅的大圖上與文字背後，都承載了你我熟悉的完整故事，任何人會對圖畫中所描繪出的膽大作為有所認同，也會從其中的幽默情境獲得會心的共振。

我會期許自己，萬一人生的路上我失去了動力，我會回到當初原點，找回自己的力量。我想說的是...人真的會因為夢想而偉大。

香港教育大學－課程及教學系
梁嘉慧導師

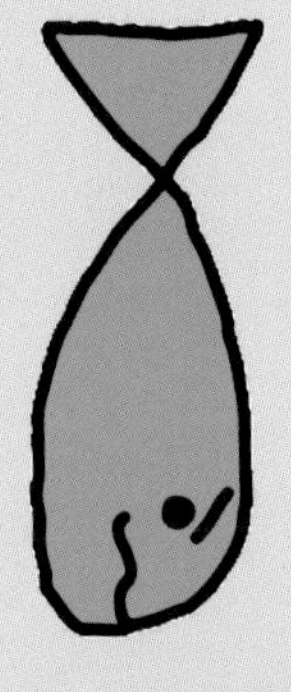
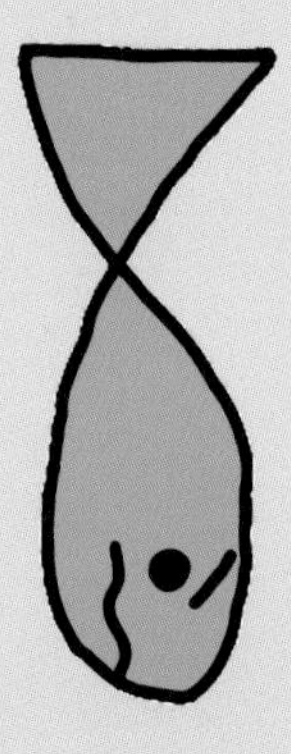

多謝感言

這一年，在我追夢的過程中，我很感恩有很多親人、恩師及朋友一路陪著我，支持我，鼓勵我繼續努力，我非常感激。

我感謝家人對我無限的支持，特別是妹妹羅曼比，常陪我出席分享活動；我再次感激陸續出版社及王仲傑先生支持我出版繪本；感謝李灼康校長、譚蘊華老師、梁海珊姑娘、李明欣老師和區家思老師的幫忙及支持，讓我安心繼續做創作；感謝阿蟲老師對我創作的肯定，讓我有更多發展的機會；還要感謝臉書的支持者，大家給我的鼓勵，讓我更有信心面對未來的挑戰；我會繼續努力創作，讓更多人同享閱讀的樂趣，領略生命的意義。

摩菲亞

前民政事務局副局長許曉暉女士頒發青年藝術家獎項給摩菲亞

從前有一條鱷魚，他的名字叫阿非，阿非住在大河裡。

白天，他會獨個兒爬上陸地散步；

晚上，他就無聊地走回河裡吹泡泡。

阿菲的外表太兇惡，又常欺負小動物，他只要用巨大的尾巴一掃，小動物就嚇得雞飛狗走，所以他根本沒有朋友。

你外表比我還兇惡，為何小動物仍會跟你學游泳？

一天，阿非看到鯊魚先生愉快地教小動物游泳，他好奇地問：「你外表比我還兇惡，為何小動物仍會跟你學游泳？」鯊魚先生咧嘴大笑。

我不想繼續過這樣沒趣的生活，我想有朋友。

可菲說：「我不想繼續過這樣沒趣的生活，我想有
朋友。」

傳說森林裡有塊魔法石頭，只要爬在這塊石頭上，你的願望就能實現。

鯊魚先生想了一會，說：「傳說森林裡有塊魔法石頭，只要爬在這塊石頭上，你的願望就能實現。」

阿菲立刻走進森林，找呀找，終於給他發現一塊彩
色的大石。

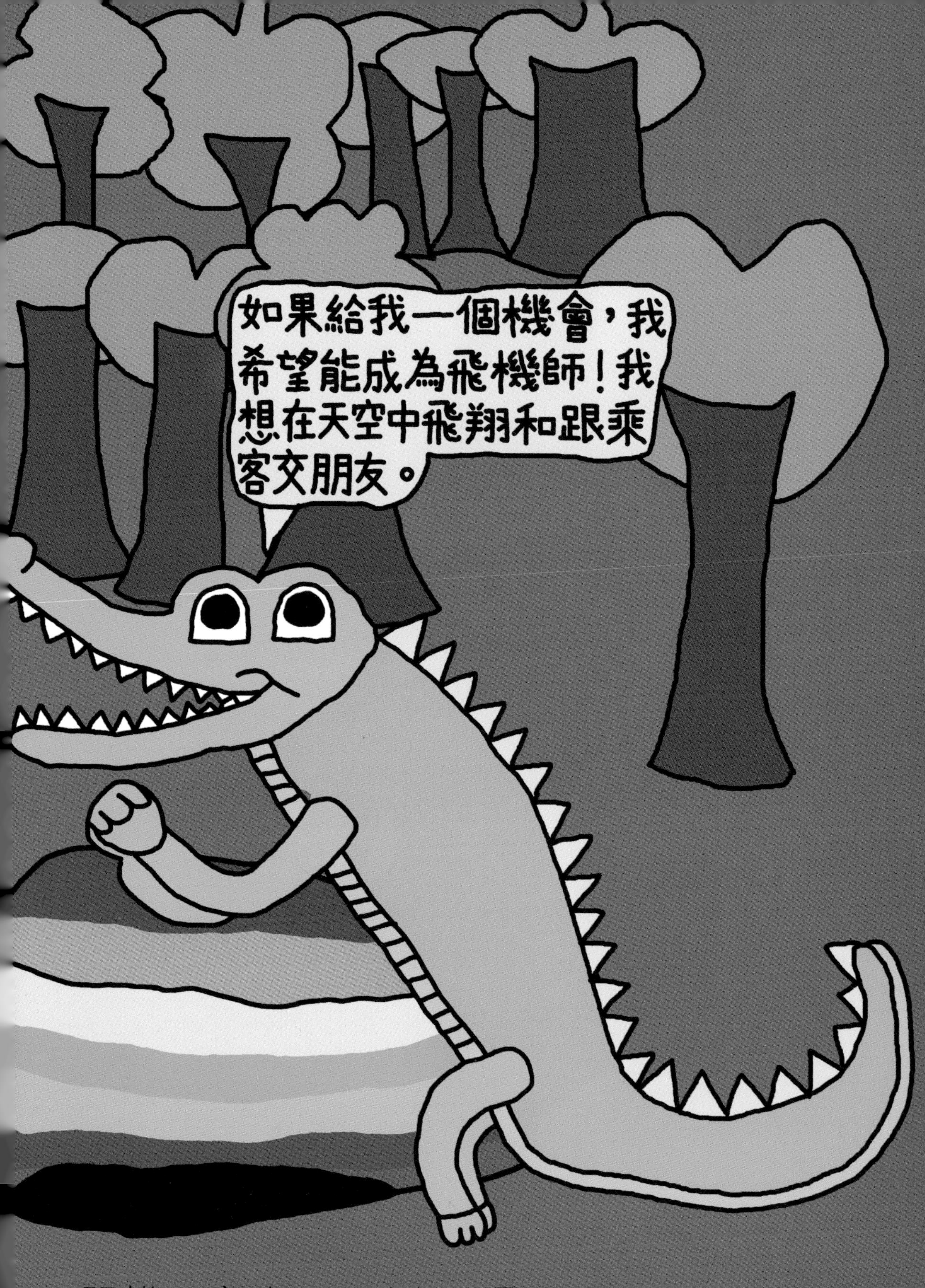

也立即撲上魔法石頭上說：「如果給我一個機會，我希望能成為飛機師！我想在天空中飛翔和跟乘客交朋友。」

第二天早上，阿菲看到地上有張招聘見習機師的廣
告，心想：魔法石頭真靈驗！

試時，機長富富看見阿菲那雙大眼睛，就說：「
需要找一個視力良好的見習生，因為我開始患上
花眼，那你就來幫我吧。」

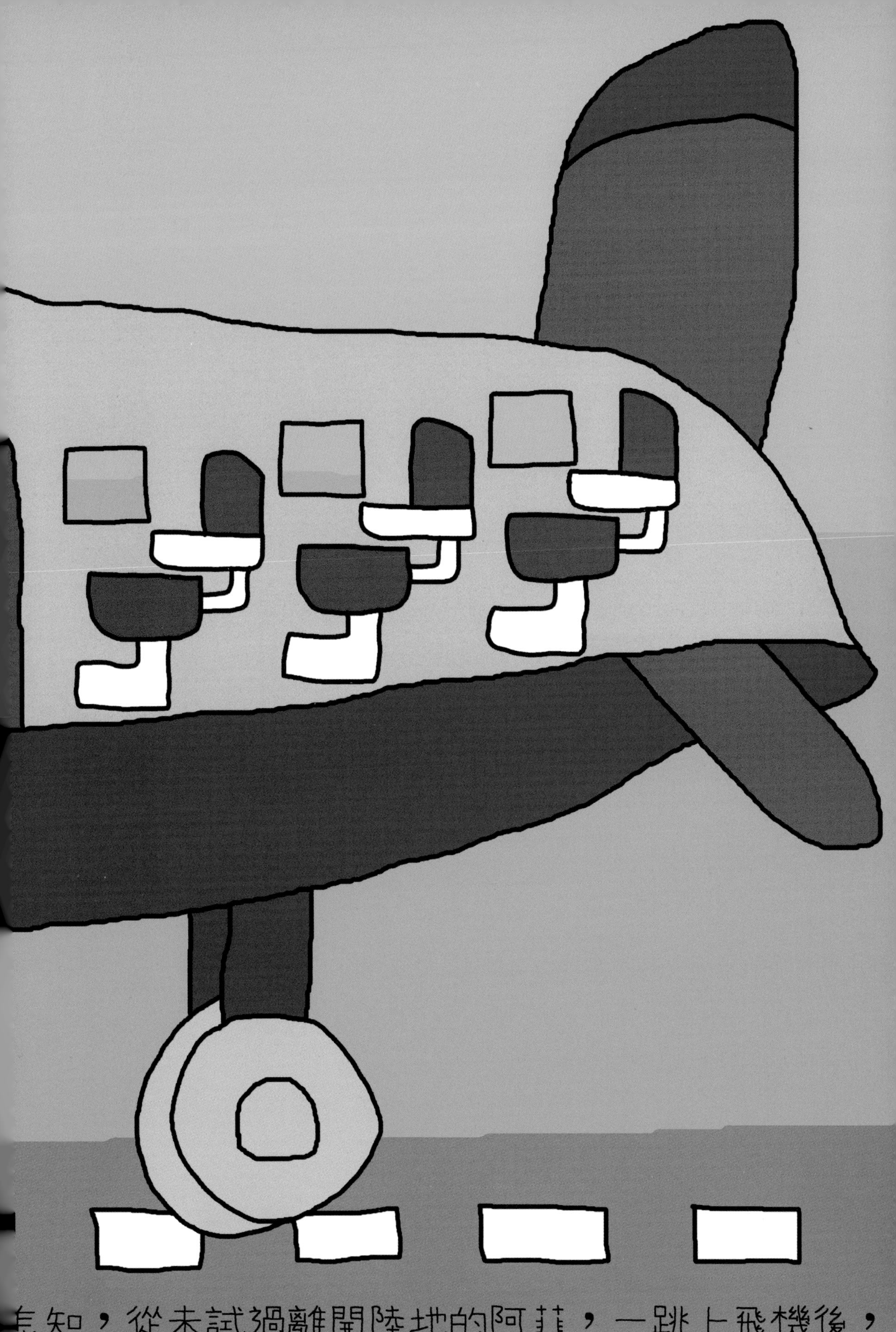

怎知，從未試過離開陸地的阿菲，一跳上飛機後，更失去平衡，幸好他沒有跌倒。

飛機上的設備很多，一排排的按鈕，阿菲好奇地按了幾下，飛機突然左搖右擺。

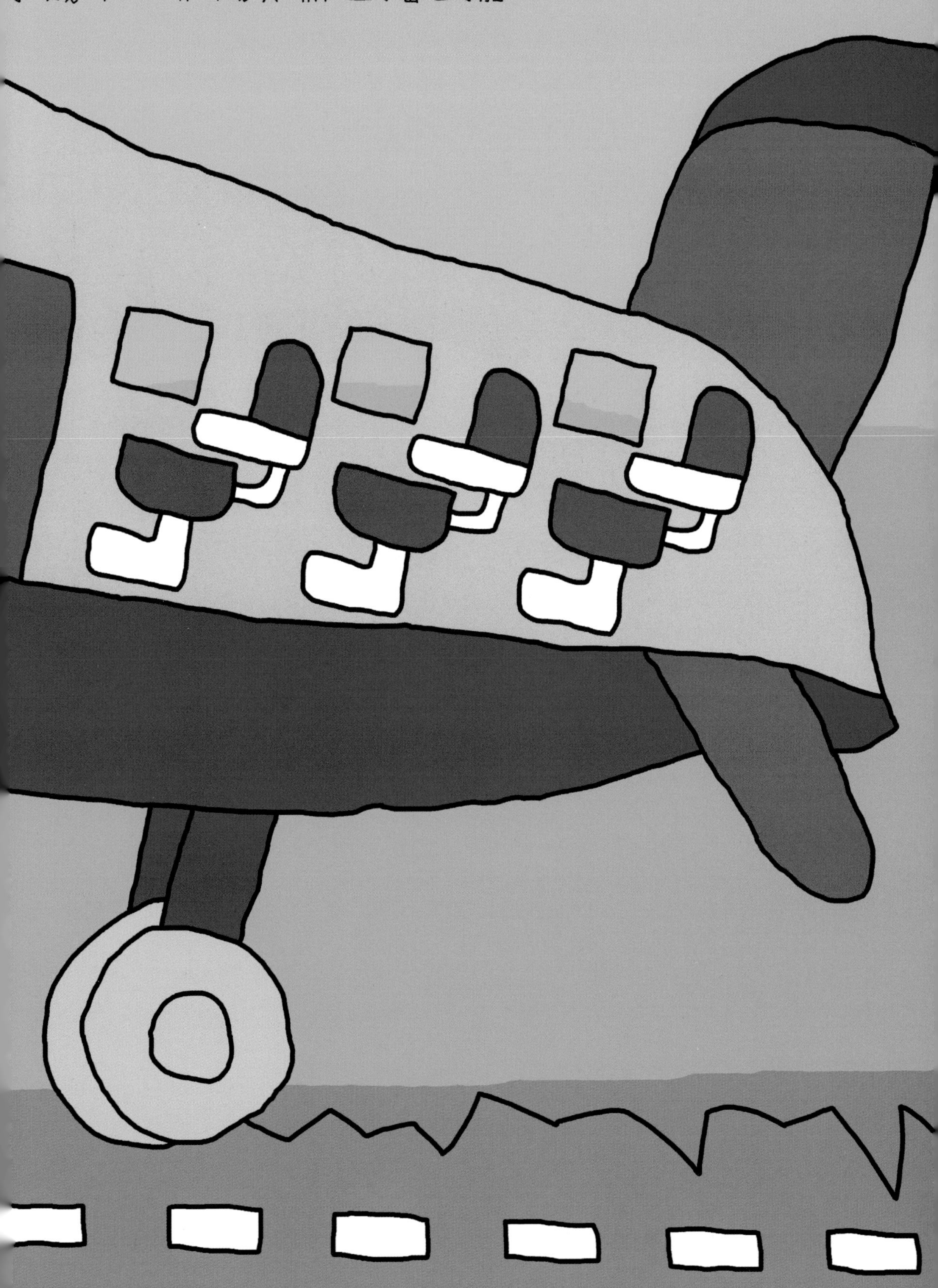

M

機長富富立即把飛機停住，然後耐心向阿菲解釋每個按鈕的作用。

M

第二天，機長富富帶阿菲到機艙實習。

機長富富看見一排排的
彩雁在天上飛行。

為了不讓彩雁受傷，立即把飛機拐彎，怎知飛機
然失控，快速向地面衝過去。

off

機長富富需要緊急降落，對阿菲說：「你快通知乘客，同時要把氣流控制按鈕全部關閉。」於是阿菲就用自己的大尾巴一掃，按停所有氣流系統。

機長富富終於把飛機速降在大海上。

機長富富指揮乘客逃生，但機艙的逃生門打不開，阿菲就用自己的尖牙咬破逃生門。

乘客急忙穿上救生衣，但飛機內的救生衣不足，阿雄就跳到海裏吹泡泡，一個個又堅韌又大的泡泡浮在海面上。

大家可以安心爬
上泡泡，放心。

阿菲說：「大家可以安
心爬上泡泡，放心。」

阿菲帶領著乘客游回岸邊。

機長富富說：「阿菲，你不單止學會控制飛機，還拯救了乘客，所以我相信你一定可以成為出色的飛機師。」

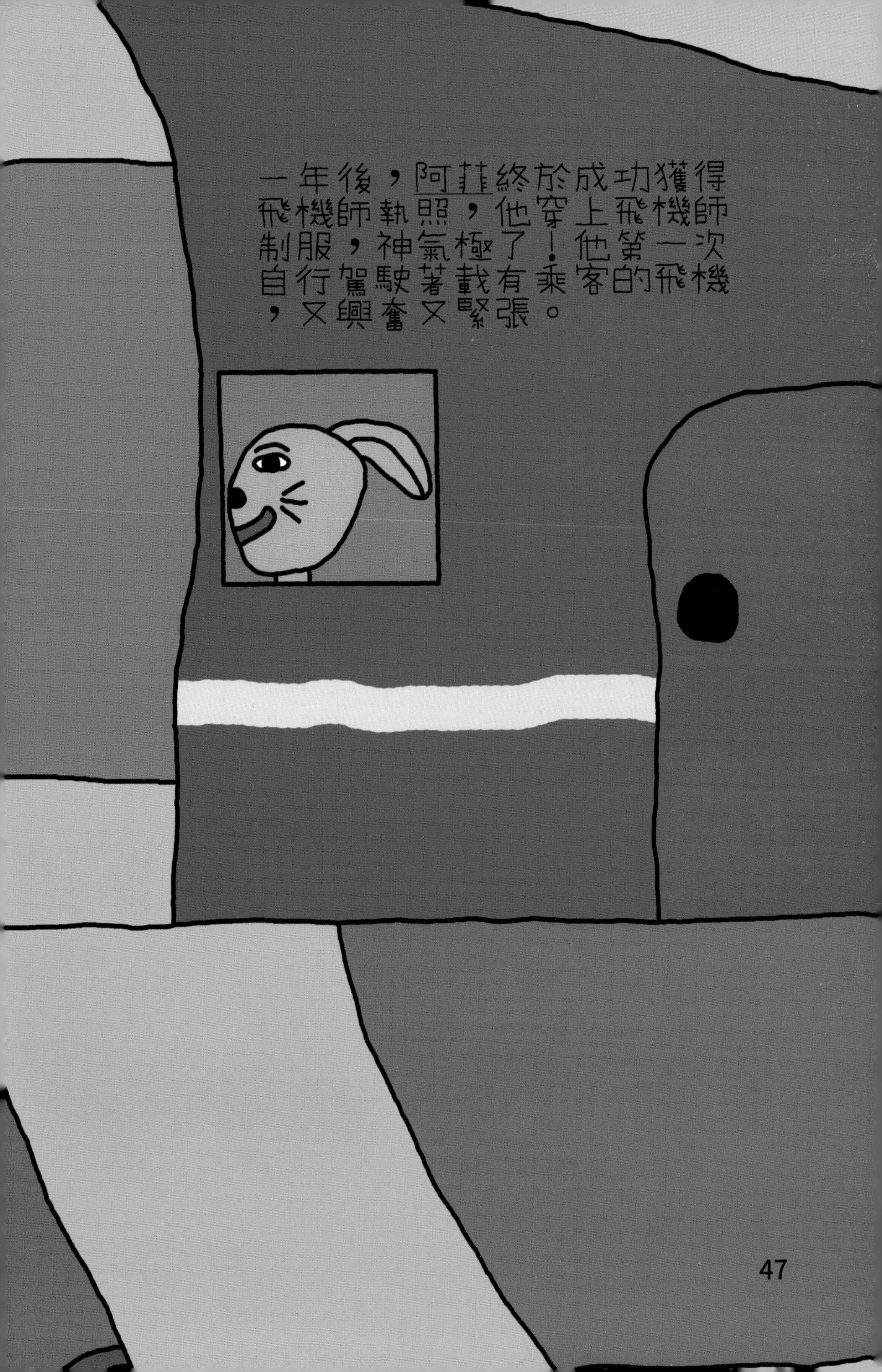
一年後，阿菲終於成功獲得飛機師執照，他穿上飛機師制服，神氣極了！他第一次自行駕駛著載有乘客的飛機，又興奮又緊張。

M
M
M

乘客都是曾經被阿菲欺負過的小動物，但是他們非常讚賞阿菲，並跟他交朋友。

魔法石頭？要改變——最重要是對自己有信心，只要堅持目標，就一定能夠改變。

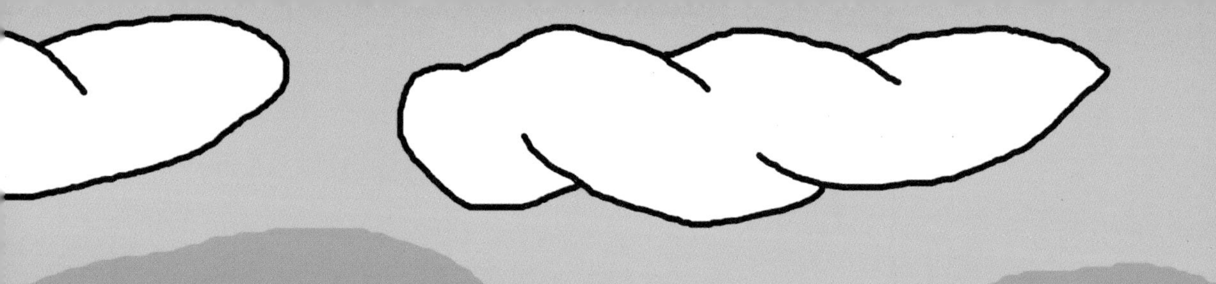

鯊魚先生問機長阿菲：「請問魔法石頭在哪裡？」，阿菲說：「魔法石頭？要改變一最重要是對自己有信心，只要堅持目標，就一定能夠改變。」鯊魚先生聽到了，樂得開懷大笑。

我在三萬尺高空追夢

圖、文：	摩菲亞
出版：	Under Production Ltd. 陸續出版有限公司
網址：	www.underproductionhk.com
設計及排版：	Elaine Li@Under Production
印刷：	培基印刷鐳射分色公司
發行：	香港聯合書刊物流有限公司
版次：	2017 年 10 月初版，2019 年 2 月第二版
售價：	HKD88
ISBN：	978-988-77784-7-9

Published in Hong Kong